VIE DE MERDE
LA SUITE

Paru dans Le Livre de Poche :

Vie de merde

Maxime VALETTE &
Guillaume PASSAGLIA

ILLUSTRATIONS DE PÉNÉLOPE BAGIEU

VIE DE MERDE
LA SUITE

privé©

© Éditions Privé, 2008
ISBN : 978-2-253-13168-7 – 1re publication LGF.

JUSTE PAS DE BOL

Être au mauvais endroit au mauvais moment, certains en font un sport national. On a tous nos moments de malchance, mais eux semblent ne jurer que par la loi de Murphy. « Ce n'est pas ma faute », quand même, on finit par se demander s'ils ne portent pas la poisse. Allez, demain ça ira mieux… ou pas.

JUSTE PAS DE BOL

Aujourd'hui, j'étais sur un chat de rencontres, je parlais à une fille. On se trouve bien, on se plaît. Elle me dit qu'elle a lâché son mec car c'était un gros con. 20 minutes plus tard, on s'envoie nos photos... C'était mon ex. VDM

Aujourd'hui, je suis rentré de boîte complètement déchiré. Je me mets dans mon lit et soudain j'ai envie de rendre mon dîner. Pour ne pas réveiller mes parents, j'ai rien trouvé de mieux que d'ouvrir la fenêtre et de me lâcher... sur le pare-brise de la voiture de ma mère. VDM

Aujourd'hui, je fais enfin connaissance avec une fille que je visais depuis des mois. La conversation est agréable. On habite dans le même quartier, on en parle. Je lui dis que le petit resto en bas de chez moi est vraiment dégueu. C'est celui de ses parents. VDM

Aujourd'hui, je me suis infiltré silencieusement sur le toit pour fumer un gros pétard sans réveiller mes vieux. Mais je me suis cassé la gueule parce que c'était mouillé. J'ai niqué toutes les tuiles sous moi. Puis celles qui ont glissé devant ont détruit la véranda en verre en dessous. VDM

JUSTE PAS DE BOL

Aujourd'hui, en révisant 1 heure dehors, j'ai eu un coup de soleil… à Lille. VDM

Aujourd'hui, j'étais avec un pote, sur un pont, on voit deux mecs plutôt grands arriver très vite vers nous. On balance notre polochon de 50 euros de beuh dans le lac. En fait, c'était juste deux hommes pressés. VDM

Aujourd'hui, après avoir bossé plus de 2 heures sur une maquette, au lieu de cliquer sur « Enregistrer », je fais « Quitter ». VDM

Aujourd'hui, j'ai envoyé un SMS à ma copine disant que je voulais lui faire l'amour ce soir. Je me suis trompé, j'ai envoyé le message à son frère. VDM

JUSTE PAS DE BOL

Aujourd'hui, comme tous les matins, à mon réveil j'ai fait un bisou sur le nez de mon chien qui dort à côté de moi. Sauf que ce matin, mon chien était à l'envers. Je lui ai embrassé le cul. VDM

JUSTE PAS DE BOL

Aujourd'hui, je me rends à l'épreuve de maths d'un concours d'entrée d'une école d'ingénieur. Je sors de mon sac ce que je crois être ma calculatrice… C'était la télécommande de la télé. Les maths étaient coef' 6, je voulais vraiment réussir ce concours. VDM

Aujourd'hui, je tombe en panne sur une route de montagne, à 20 kilomètres du village le plus proche. Je commence à pousser dans la descente pour prendre de la vitesse et redescendre en roue libre. La voiture prend trop de vitesse et j'ai pas le temps de monter… Elle finit dans un ravin, irréparable. VDM

Aujourd'hui, je m'amusais à faire courir mon chat après une ficelle. Devant répondre à un SMS, je m'assois et pose la ficelle sur mon entrejambe. Le chat, qui n'a pas compris que je faisais une pause, se jette dessus toutes griffes dehors. VDM

Aujourd'hui, avec les collègues, on s'est congratulés d'avoir des femmes super canons (en exagérant). On en voit une qui arrive vers nous, et je dis à un collègue : « Celle-là est vraiment moche, heureusement pour nous, on s'en tire bien ! » Et lui : « C'est ma femme. » VDM

JUSTE PAS DE BOL

Aujourd'hui, à midi, avant de prendre le café au restaurant, je suis allé aux toilettes. Lorsque j'ai tiré la chasse, l'eau s'est mise à monter, monter, monter... Je suis vite sorti, j'ai payé sans boire mon café. Sauf que j'avais oublié ma veste de costume accrochée à la porte des toilettes. VDM

Aujourd'hui, alors que je me rasais les parties avec ma tondeuse électrique, celle-ci se pète alors qu'un seul testicule est rasé. Inutile de préciser la tête de ma copine, que je n'avais pas vue depuis deux semaines, lorsqu'elle a voulu me faire une petite gâterie surprise. VDM

Aujourd'hui, j'ai voulu faire l'effort de me lever plus tôt pour aller chercher des croissants pour le petit déjeuner avec ma chérie. Elle s'est levée avec la gastro. VDM

Aujourd'hui, non en fait depuis les deux dernières années, je suis en couple à distance (800 kilomètres). Il vient une semaine à chaque vacances scolaires. Ça marche très bien. C'est juste qu'il n'y a pas eu UNE SEULE semaine en commun où je n'ai pas eu mes règles. VDM

JUSTE PAS DE BOL

Aujourd'hui, je vais au bahut en vélo. Sur le trajet, je dois doubler un autre cycliste qui roule moins vite que moi. Au moment où je le dépasse, il tourne sa tête vers la gauche sans me voir et crache. VDM

Aujourd'hui, sur MSN, je vois : « Laura vient de se connecter. » Ma copine s'appelant Laura, je lance sans hésiter : « J'ai envie de toi. » Sauf que c'était ma chef, qui s'appelle aussi Laura. VDM

Aujourd'hui, j'ai fait l'amour à ma copine. Après l'acte, je me suis rendu compte que mon téléphone était sur le lit, et à cause des mouvements, mon téléphone a appelé mon père. Il était sur messagerie, mais il aura bientôt les détails. VDM

Aujourd'hui dans la matinée, je portais mon bol de chocolat chaud bien rempli. En arrivant dans le salon, la manche de mon pull s'est prise dans la poignée de la porte. VDM

JUSTE PAS DE BOL

Aujourd'hui, une copine perd sa bague dans un lac, elle y tient trop. Il y a peu de profondeur, je plonge la main. Après 10 minutes à fouiller dans la vase, je la retrouve. Je lui tends, trop contente elle me saute dans les bras. La bague retombe. VDM

Aujourd'hui, comme tous les jours, je me brosse les dents. Je décide ensuite de faire un brin de ménage et commence par les toilettes. Je cherche la brosse à dents qui me sert à récurer les endroits difficiles... Et me rends compte que c'est celle avec laquelle je me brosse les dents depuis une semaine. VDM

Aujourd'hui, j'ai demandé à mes élèves de me décrire le métier de leurs parents à l'oral. Je suis professeur d'anglais. Ça se passait bien jusqu'à ce que je me tourne vers un des plus timides de la classe. Je lui demande ce que fait son père dans la vie. Il lance d'un regard noir : « Il est mort... » VDM

Aujourd'hui, j'ai voulu goûter la pâte à gâteau que j'avais préparée. J'ai pris mon petit doigt et je me suis rendu compte que c'était celui avec lequel je m'étais gratté l'oreille 5 minutes avant. VDM

JUSTE PAS DE BOL

Aujourd'hui, j'appelle mon pote Yannick, qui est à la bourre, et je fais : « T'es où, connard ? » J'avais composé le numéro de Yannick… un de mes chefs. VDM

Aujourd'hui, au boulot, en voulant tester le nouveau module de newsletter que j'avais fait, j'ai fait une erreur et envoyé le mail « toto » à plus de 2 500 abonnés, avec le nom de mon entreprise en objet… Je n'ai encore rien dit. VDM

Aujourd'hui, ma copine me dit : « Tu sais que, pour être propre, il suffit de se laver seulement trois fois par semaine… » Silence. VDM

Aujourd'hui, j'ai envoyé un SMS à mon copain : « Viens chez moi dans une heure, je t'aime. » Une heure après, on sonne à ma porte. C'était mon ex, heureux et toujours aussi amoureux de moi, avec un bouquet de roses. Je m'étais trompée de numéro, mon ex et mon copain ont le même prénom… VDM

JUSTE PAS DE BOL

Aujourd'hui, enfin plutôt hier soir, j'étais légèrement enrhumé, j'ai donc pris le premier mouchoir qui traînait à portée de mon ordinateur. Il avait malheureusement déjà servi à tout autre chose quelques heures plus tôt. VDM

Aujourd'hui, tout juste levée, je vais dans la salle de bains. Mon chat avait vomi dans la nuit. J'ai marché dedans, j'étais pieds nus. VDM

Aujourd'hui, ma mère fume sous la véranda, mon père dans le salon, mon grand frère dans le bureau.
Je suis non fumeur. Je vais où ? VDM

Aujourd'hui, ou plutôt cette nuit, j'ai vomi dans la salle de bains sur le carrelage que mon père est en train de refaire depuis hier. Il n'avait pas encore fait les joints. VDM

JUSTE PAS DE BOL

Aujourd'hui, je sors avec mon nouveau copain depuis 8 jours. Ça fait 3 mois que je suis amoureuse de lui. Je minaude et je ris très fort à ses blagues pour lui montrer qu'il est drôle. Je ris tellement fort que je pète. VDM

Aujourd'hui, j'ai passé mon code de la route, et au bout de la 34e question, je me rends compte que j'ai tout décalé d'une question. VDM

Aujourd'hui, je sors une cigarette de mon paquet, je la mets à la bouche, elle tombe dans une flaque, je ressors le paquet à l'envers… et elles tombent toutes dans l'eau. VDM

Aujourd'hui, je me suis réveillée auprès de mon petit copain. J'ai voulu l'embrasser, et au même moment, il a tourné la tête un peu violemment. Nos dents se sont entrechoquées, l'une d'entre elles s'est cassée en deux, et j'ai l'air d'une sorcière. Demain, c'est férié, y a pas de dentiste d'ouvert. VDM

JUSTE PAS DE BOL

Aujourd'hui, je suis malade. Mon médecin m'a prescrit des antibiotiques qui m'interdisent de me mettre au soleil. Demain, je pars en vacances sur une île gorgée de soleil... 2 ans que je n'ai pas pris de vacances ! VDM

Aujourd'hui, un pote a pris l'ascenseur avec une fille magnifique. Elle va au 6e, lui au 7e, ils ne sont que tous les deux. Elle descend au 6e. L'ascenseur tombe en panne entre le 6 et le 7. Il est resté bloqué une heure. VDM pour lui.

Aujourd'hui, j'avais tellement envie de faire pipi que mon amie s'est arrêtée sur un parking. Je me suis accroupie entre deux voitures, mais le problème c'est que l'une des deux a démarré, et là, pleins feux sur moi, dans la voiture cinq mecs m'observaient. VDM

Aujourd'hui, j'ai jeté les clés de ma voiture avec les restes de mon plateau McDo. Quand je m'en suis rendu compte une heure après, ils avaient déjà compressé les poubelles. J'ai pris le bus… Deux fois. VDM

JUSTE PAS DE BOL

Aujourd'hui, enfin ce soir, on organise une soirée raclette. On fait les courses, on dégotte des filles, on rameute plein de potes. L'appareil à raclette marche pas. On est douze et on a faim. VDM

Aujourd'hui, en ce moment même, mon frère de 10 ans me récite ses quinze poèmes parce qu'il est champion de poème de son école…
Il ne veut pas s'arrêter. VDM

Aujourd'hui, il me restait 60 centimes dans mon portefeuille, je décide de m'acheter une soupe à la cafét'. J'attends, et je la vois qui coule… Sans gobelet en dessous. VDM

Aujourd'hui, à 6h10 pour être précis, mon réveil sonne. Je tends mon bras en un éclair pour l'éteindre et ne pas réveiller ma compagne qui est en congé maternité. J'étais tourné du mauvais côté et je lui ai balancé une fantastique mandale en plein dans l'œil droit. Ça l'a réveillée, donc. VDM

Aujourd'hui, j'ai fait un don de sperme à l'hôpital. L'infirmière qui était là pour m'aider était ma cousine. VDM

Aujourd'hui, en jetant ma cigarette par la fenêtre de la voiture, le vent l'a renvoyée à l'intérieur. Je me suis brûlé tout le pantalon. VDM

Aujourd'hui, un pote me fait des poires au sirop avec du chocolat chaud fondu dessus. En voulant boire le jus de la poire, je penche l'assiette vers ma bouche, la poire glisse et vient me toucher le nez avec le chocolat brûlant. Résultat : un point rouge de la taille d'un confetti sur le pif. VDM

HAN! HAN! HAN!

Pffiou!! C'est bon, rassure-toi, je n'ai rien.

JUSTE PAS DE BOL

Aujourd'hui je vais voir mon meilleur pote dans son magasin de reptiles. Pendant qu'il nettoie des vivariums, je vais dans la remise où je vois un serpent par terre qui s'avance vers moi. Je crie et je lui jette un truc dessus. Il est mort, il était inoffensif, et il coûtait 3 000 euros. VDM

JUSTE PAS DE BOL

Aujourd'hui, enfin il y a quelque temps, je vais au resto avec un ami et deux filles du boulot. Au moment de payer au comptoir, je sors mon billet, et paf, deux préservatifs tombent de mon portefeuille. Je m'empresse de mettre mon pied dessus pour les cacher. Trop tard, ma réputation est faite. VDM

Aujourd'hui, j'ai des choses à déménager de mon appart'. Plein. Et je suis seul pour le faire. Prévoyant, j'ouvre la porte d'entrée et mets les clés dessus, prêtes à fermer. Je me charge, je passe et claque la porte avec le pied. J'ai mis les clés du mauvais côté. VDM

Aujourd'hui, j'ai enfin reçu les résultats de mon concours. Je suis 61e sur 280... Dommage, ils n'en prennent que 60. VDM

Aujourd'hui, mon tout premier stage d'externe en médecine, mon tout premier patient de toute ma vie, il est mort alors que j'étais en train de lui faire une prise de sang. VDM

JUSTE PAS DE BOL

Aujourd'hui, je m'embrouille avec l'opératrice de SFR, car j'ai bloqué mon portable au bout de trois faux codes PIN. Au bout de 30 minutes, je raccroche, énervé. Mon père a le même portable que moi. Je viens de le lui bloquer. VDM

Aujourd'hui, j'ai passé l'oral du concours d'entrée de l'école que je convoite depuis des mois. À la lecture de mon dossier, une jurée me dit avoir habité dans la même résidence lors de ses études. Je réponds alors spontanément que j'ignorais que le bâtiment était aussi vieux. J'ai été recalée. VDM

Aujourd'hui, je pars bosser à 300 bornes de chez moi. Je ne trouve pas l'adresse de mon client, je décide de l'appeler. J'ai pris le sans-fil de ma maison à la place de mon portable. VDM

Aujourd'hui, petite soirée entre potes. L'un d'eux me demande si je me souviens de mon prof de sport de 5e (qui avait régulièrement des érections). Je réponds avec le smile : « Ah ouais, celui qui bandait dans son short ?! » Mon pote répond : « Ouais, ben je te présente son fils… » VDM

JUSTE PAS DE BOL

Aujourd'hui, après que mon petit frère a gratté la case « Nul Si Découvert » de mon ticket de Morpion, j'ai compris que je ne toucherais jamais ces 200 euros. VDM

Aujourd'hui, le téléphone me réveille. C'est la sonnerie de ma meilleure amie, donc au lieu de dire « allô », je me mets à crier : « Ça va pas de réveiller les gens le matin ? » On me raccroche au nez. En fait, c'était la manager du restaurant où mon amie travaille et où je viens redemander à bosser. VDM

Aujourd'hui, j'ai deux meilleurs amis. L'un est dingue de moi, moi je suis dingue de l'autre. VDM

Aujourd'hui, je décide d'offrir une nuit d'amour à mon chéri. Je le rencarde dans un hôtel très classe, lui communique le numéro de la chambre et l'attends dans une tenue hyper sexy. On frappe à la porte, j'ouvre, aguicheuse et persuadée que c'était lui. C'était le room-service. VDM

Aujourd'hui, j'ai acheté un vinyle à la Fnac. Je suis ensuite allé à Carrefour, mais j'avais obligation d'agrafer le sachet avant de rentrer. La dame qui s'occupe de ça m'a donc agrafé mon sachet… et le vinyle avec. J'avais pris le dernier exemplaire. VDM

Aujourd'hui, je faisais l'amour avec ma copine, et mon téléphone fixe a sonné. Naturellement, j'ai laissé sonner. Au moment précis où j'atteignais le nirvana, j'entends la voix de ma mère qui me dit : « Bonjour mon chéri. » VDM

Aujourd'hui, je me suis fait contrôler dans le métro, pas de ticket. Le contrôleur, avec ma p'tite bouille, commence à gober mon histoire : « J'avais pas de pièces pour le distributeur. » Je sors mon portefeuille pour chercher ma carte d'identité, et là, toutes mes pièces d'un euro tombent. VDM

Aujourd'hui, j'ai mon entretien de sélection en master 2. Je suis en costard, et il pleut des cordes, mais j'ai mon parapluie. À 3 mètres de la porte, je marche sur une dalle mal fixée avec plein d'eau dessous et je me retrouve couvert de boue jusqu'au ventre. VDM

JUSTE PAS DE BOL

Aujourd'hui, dans un couloir de la fac, pour faire rire des potes, je simulais un rodéo sexuel avec une prof en criant son nom. Elle est passée derrière moi en me donnant ma date de passage à l'oral. Elle fait partie du jury de ma soutenance. VDM

Aujourd'hui, enfin plutôt hier soir, on sort en boîte avec des potes ; je croise un gars que j'avais pas vu depuis des lustres. Soudain, il se retourne sur une nana, et me sort cash : « Tiiin, c'te meuf, elle est trop bonne au pieu. » C'était ma copine… VDM

Aujourd'hui, quand je rentrais chez moi, mon frère m'appelle pour me dire qu'il y avait les flics à l'entrée de mon village. Effectivement, ils étaient là. J'ai perdu 2 points pour avoir téléphoné en conduisant. VDM

Aujourd'hui, après une soirée bien arrosée, je me suis endormi dans le RER. J'ai appris qu'ils ne vérifient pas les wagons avant d'aller au dépôt, que dans le dépôt les portes sont fermées, et que les fenêtres sont très étroites et trop hautes. VDM

Aujourd'hui, j'ai passé une coloscopie (visite de mon moi intérieur en passant par l'endroit fait plutôt pour expulser). Je me réveille à côté d'une bombe, j'entame la conversation. Visiblement, le doc m'avait pas parlé des effets secondaires. J'ai pété pendant une heure. VDM

Aujourd'hui, au petit déj', après plusieurs bonnes tranches de pain d'épice qui me semblaient un peu bizarres, j'inspecte une dernière tranche de plus près. J'y découvre une colonie de petites bêtes noires et blanches, qui se baladent maintenant dans mon estomac. VDM

Aujourd'hui, ma copine et moi-même faisions l'amour. Je lui saisissais les fesses, lorsque j'ai joyeusement trouvé des restes de papier toilette. C'est ce qu'on appelle un tue-l'amour. VDM

Aujourd'hui, pour me réveiller, je me suis servi un grand verre de jus d'orange que j'ai bu tout d'une traite. Manque de bol, il restait dans mon verre la moitié de rosé que j'avais laissé la veille au soir. VDM

JUSTE PAS DE BOL

Aujourd'hui, l'agrafe de ma thèse de 203 pages, à présenter dans l'heure qui suivait, s'est détachée sans prévenir. Il a fallu un coup de vent pour que je m'en rende compte. VDM

JUSTE PAS DE BOL

Aujourd'hui, je passe devant l'église de mon quartier en voiture. Des piétons se jettent presque sous ma voiture, alors j'ouvre la fenêtre et leur dit en plaisantant : « Y a failli y avoir des morts. » Une piétonne éclate en sanglots. Ils allaient à un enterrement. VDM

Aujourd'hui, je pars en week-end prolongé à Barcelone. Voilà des mois que je fantasme sur ces quatre jours au soleil, en amoureux, loin de la grisaille parisienne. Résultat : la météo annonce de la pluie en continu et 12 degrés de moyenne. Et pendant ce temps, à Paris : 28 degrés. VDM

Aujourd'hui, je me paie enfin le pull dont je rêvais depuis des mois. En sortant de la boutique, je passe devant chez ma cousine. Je me souviens que c'est son anniversaire, je passe le lui souhaiter. Sans faire gaffe, je pose mon sac sur la table. Elle me remercie pour ce superbe cadeau. VDM

Aujourd'hui, un ami m'appelle pour me dire que l'une de ses copines a plutôt craqué sur moi et me demande si je suis intéressé. Je réponds tout de suite : « Ah ah ah ! Ce thon ? Plutôt crever ! » Il avait mis le haut-parleur, elle était à côté de lui. VDM

Aujourd'hui, je montre à ma classe une affiche dans leur livre d'histoire. Comme d'habitude, beaucoup d'élèves n'ont pas de livre, et je décris donc l'image : « Au centre, il y a Marianne, et autour, des paysans qui labourent. » Fou rire général… J'ai mis du temps à comprendre que « labourent » peut être séparé. VDM

Aujourd'hui, grand soleil sur la ville. Je sors sur la terrasse, histoire de bronzer un peu. C'est alors que je m'aperçois que ma logeuse a eu la même idée, sauf qu'elle est à poil et qu'elle a 65 ans. VDM

Aujourd'hui, je suis allée à une exposition. Il y avait un buffet, et pas loin, une table avec des bonbons piqués avec des cure-dents sur un socle. J'en ai mangé un, tiens bizarre, il est un peu dur, mais bon. J'ai réalisé après que ça faisait partie de l'expo, et qu'il était enrobé de colle. VDM

Aujourd'hui, j'étais dans le train à côté d'un vieux gars qui lisait son journal. Soudain, il a éternué, sans mettre ses mains. Au lieu de se tourner côté fenêtre, il s'est tourné vers moi. J'adore avoir des glaires et de la bave sur moi pour aller bosser. VDM

JUSTE PAS DE BOL

Aujourd'hui, j'aurais dû faire mon premier concert devant une salle pleine à craquer. Juste avant de monter sur scène, mes musiciens décident de se rouler un joint à l'extérieur. Une bagnole de flics passe devant et les embarque tous. Je me retrouve seul dans l'incapacité de chanter. VDM

Aujourd'hui, je vais manger pour la première fois chez ma copine. Ses parents sont très gentils, la soirée se passe très bien. Au moment d'embrasser les parents, je glisse sur le tapis et tente de me raccrocher à quelque chose. Résultat : belle-maman aux seins nus et un gros coup sur la conscience. VDM

Aujourd'hui, je voulais me faire plaisir tout seul en regardant la télé dans le salon. Je commence ma petite affaire lorsque j'entends : « Tu sais, tu as une chambre pour faire ça… » Ma mère faisait ses mots croisés sur la table dans la pièce juste à côté. VDM

Aujourd'hui, je rentrais des courses avec plein de paquets dans les mains. J'ouvre donc la porte du hall d'entrée avec le dos. Ce n'est qu'une fois à l'intérieur que j'ai vu la pancarte : « Peinture fraîche »… Cela dit, le vert me va très bien. VDM

JUSTE PAS DE BOL

Aujourd'hui, j'ai un rendez-vous téléphonique très important avec un boss de ma boîte. Malgré le stress énorme, l'entretien se passe nickel. À la fin, le boss me remercie et me salue. Trop de soulagement, je lâche machinalement en raccrochant : « Salot… » À une lettre près, j'ai failli avoir une carrière. VDM

Aujourd'hui, je suis allé à la pêche, et ça a bien mordu. Belle journée, beau soleil. Le jour où une chaîne locale avait décidé de tourner un reportage sur la nature. Je passe très bien à l'écran d'après mon patron. Ma bière aussi. Dommage, j'étais en arrêt maladie… VDM

Aujourd'hui, j'étais à une énorme soirée sur la plage, en Thaïlande. J'embrassais une fille splendide et je décide d'aller plus loin avec elle. En passant ma main sous sa jupe, je sens quelque chose d'anormal. Je la regarde, et elle me répond : « What, you prefer ladies ? » VDM

Aujourd'hui, j'ai gagné une semaine de vacances au Grand-Bornand à un concours. Je pense qu'ils voulaient me faire plaisir. Ce qu'ils ne savent pas, c'est que j'habite au Grand-Bornand. VDM

JUSTE PAS DE BOL

Aujourd'hui, j'ai mangé un cookie préparé par ma mère sur mon bureau, tellement délicieux que j'ai voulu manger les miettes tombées sur la table. Une des miettes n'a pas croustillé de la même manière que les autres. J'ai recraché ; c'était une mouche morte. VDM

Aujourd'hui, mon chat a fait pipi sur le toit de ma voiture. Ça a dégouliné dans tout le système de ventilation. Dès que je démarre, la ventilation se met en marche et… c'est une attaque chimique. VDM

Aujourd'hui, j'avais rendez-vous chez mon orthodontiste. Pour me venger des longues et douloureuses heures qu'il m'a fait subir, j'ai mangé un sandwich au thon juste avant le rendez-vous. Résultat, c'est la nouvelle stagiaire super canon qui s'est occupée de moi cette fois-ci. VDM

Aujourd'hui, une vache a décidé de mettre fin à ses jours. Malheureusement, elle a choisi mon train pour rejoindre le paradis des vaches. Résultat : j'ai une heure de retard et j'ai loupé l'entretien d'embauche le plus important de ma carrière... VDM

Aujourd'hui, c'était l'enterrement d'un ami de la famille, Louis, qui s'est noyé. On suit le corbillard, tous tristes. On s'arrête pour laisser passer une camionnette « Louis, le pro de l'étanchéité ». J'ai pas pu retenir un fou rire nerveux. Tout le monde pense que j'ai un cœur de pierre. VDM

Aujourd'hui, je marche dans la rue derrière une charmante jeune fille, quand tout à coup je me mets à courir. À ma surprise, elle aussi. Et je l'entends crier : « Au secours, à l'aide ! » Puis elle arrête une voiture. Je voulais juste rattraper le bus. VDM

Aujourd'hui, je reçois un message de mon répondeur : c'est mon futur employeur qui me propose de venir signer mon contrat le lendemain de mon jour d'essai. Qui a eu lieu il y a trois semaines. VDM

Aujourd'hui, je suis rentré bourré. Pour ne pas réveiller ma copine qui dormait profondément, je me suis déshabillé dans le noir et j'ai voulu sauter par-dessus ma copine (ayant l'habitude de dormir de l'autre côté du lit)… En mon absence, elle avait pris ma place, et je lui suis tombé dessus. VDM

Aujourd'hui, ou plutôt il y a quelques mois, j'ai changé de numéro de portable pour faire le tri et avoir la paix. L'opérateur m'a donné l'ancien numéro de Jean-Charles, homosexuel inscrit à tous les sites de rencontres par SMS. Depuis, tous les jours, j'ai droit à mon texto Aujourd'hui encore. VDM

JUSTE PAS DE BOL

Aujourd'hui, en sortant du boulot, je retrouve ma voiture rayée, les pneus crevés, le pare-brise cassé et un bout de papier jeté sur le siège éventré du conducteur : « Pour ce que tu as fait à Juliette, salaud. » Je ne connais pas de Juliette. VDM

Aujourd'hui, réunion super importante avec un grand chef de la boîte. Il me demande mon avis, je réponds (brillamment), me tourne vers mon supérieur (qui s'appelle Thierry) et lui demande : « Qu'en penses-tu, Cherry ? » Ma langue a fourché, mais ça y est, les rumeurs vont bon train. VDM

Aujourd'hui, je suis en retard au lycée, et très timide. C'est pourquoi je frappe à la porte de ma salle de classe, marmonne un bref « bonjour » et file m'asseoir à ma place, tête basse. Je sors mes affaires et me rends compte du silence de plomb qui règne dans la classe. Mauvaise salle. VDM

Aujourd'hui, c'est mon anniversaire. Je reçois le paquet de ma copine et lâche pour rigoler : « J'espère que c'est pas une cravate ! » C'était une cravate. VDM

JUSTE PAS DE BOL

Aujourd'hui, je suis allé m'acheter un lecteur MP3. Le soir, j'écoute ma musique, heureux dans mon lit, en mangeant un bol de céréales dans du lait. Plus tard, je pose mon bol sur la table de chevet puis ferme les yeux avant de déposer mon lecteur MP3... dans le lait. VDM

Aujourd'hui, à la toute fin de mon exam' de gestion, ma copie glisse de la table et arrive à passer entre le plancher et la cloison de l'amphi, tombant dans le comble fermé et inaccessible. Aucun surveillant ne m'a cru, la direction hurle à la triche, affaire réglée, zéro. VDM

Aujourd'hui, ma copine est venue déguisée pour mon anniversaire. Ne saisissant pas trop son concept, je lui ai demandé de manière amusée de me l'expliquer. Elle est partie en pleurant... S'agissait-il vraiment d'un déguisement ? VDM

Aujourd'hui, je prends le métro comme tous les matins. Je m'assieds face à cette fille que je trouve super jolie depuis des mois, quand une odeur horrible s'empare de la rame. En me levant, la fille regarde mon jean, je m'étais assis dans du vomi en attendant mon métro. VDM

JUSTE PAS DE BOL

Aujourd'hui, je décide ENFIN de me faire le maillot. Je me badigeonne de crème dépilatoire, j'attends 15 minutes puis je file sous la douche pour enlever la crème. Une fois nue, sous la poire de douche, la spatule à la main, je me rends compte que l'eau est coupée. VDM

JUSTE PAS DE BOL

Aujourd'hui, un ouvrier du chantier à côté de notre cantine a eu une envie pressante. Ne pensant pas aux vitres teintées pour l'extérieur, il baisse son pantalon et se soulage contre la cantine. C'est l'heure de pointe, il y a 350 personnes en fou rire et qu'il ne voit pas! Pour lui, VDM

Aujourd'hui je n'avais qu'un cours, de 8 heures à 8h40 du matin. Tout le monde m'a dit que je pourrais profiter de ma journée. Je me voyais déjà sur le PC, la guitare... Mais j'ai oublié mes clés chez moi. Pas pu rentrer avant 16 heures. VDM

Aujourd'hui, en soirée, une jolie fille avec qui je bois un verre se met à regarder avec insistance mon entrejambe et dit en souriant : « Il y a quelque chose qui brûle là-dessous. » Je rigole avec un air malin, mais elle insiste. Une cendre de cigarette avait mis le feu à mon pantalon. VDM

Aujourd'hui, premier cours : mes jeunes élèves hurlent. Désemparée, je crie : « Vous allez cesser de faire les gorets ?! » À mon grand étonnement, silence général et têtes hébétées. Le plus téméraire : « C'est quoi un goret ? » Moi : « Un petit cochon. » Tout le monde a ri, sauf le petit B... Gorez ! VDM

JUSTE PAS DE BOL

Aujourd'hui, en sortant du cinéma, j'entends ma sœur ricaner derrière moi. Je me retourne, les gens qui se pressent derrière nous ont les yeux rivés sur mes fesses. J'avais la sangle d'un pack d'eau scotchée sur le cul, avec marqué « ouverture facile ». VDM

Aujourd'hui, joyeuse, je pars travailler. Sur le trottoir, une énorme crotte de chien. Guillerette, je saute par-dessus. À la réception, je glisse dans une seconde crotte de chien et me retrouve les fesses par terre, bien assise sur la première crotte si soigneusement évitée. VDM

Aujourd'hui, premier repas avec mes beaux-parents. Sur le chemin de l'aller, j'écrase un lapin. Arrivé sur place, fier de moi, j'exhibe mon trophée. Mes beaux-parents partent en larmes : c'était « Coquin », leur lapin, qui s'était sauvé. VDM

AU FOND DU TROU

Il y a quand même des cas troublants de victimes du quotidien. On peut en rire, mais on peut aussi leur porter un regard compréhensif... puis en rire. La bonne nouvelle, c'est qu'ils parviennent en une phrase à se mettre à nu en évitant de dépenser des milliers d'euros chez un psy. On se demande quand même s'il faut les relever avec de la compassion ou un bon coup de pied au cul. Un peu de tendresse suffira, parce qu'on aime bien leur drôle de franchise.

AU FOND DU TROU

Aujourd'hui, le seul à m'avoir souhaité un bon anniversaire est Prizee.com. VDM

Aujourd'hui, je commence ma 28ᵉ année avec 28 centimes d'euros sur mon compte en banque. VDM

Aujourd'hui, j'ai tenté de draguer deux filles en leur demandant l'heure. Elles ont éclaté de rire. VDM

Aujourd'hui, j'ai fait une baston de regards dans le bus avec une gamine de 4 ans dans une poussette. J'ai perdu. VDM

Aujourd'hui, partiel. L'examen était recto-VERSO. VDM

Aujourd'hui, j'ai gagné au loto, mais c'était une rediffusion. VDM

Aujourd'hui, ça fait exactement 3 mois que je suis en tempo sur une meuf, qui connaît mes sentiments, qui m'aime aussi, c'est certain, mais qui a peur de s'engager et qui par-dessus le marché m'a dit que je lui manquais… J'attendrai encore, parce que je suis amoureux et un peu con. VDM

Aujourd'hui, je me suis levé à 8 heures et n'ai pas pris ma douche pour être sûr d'entendre le facteur. Il n'est jamais venu. Je pue. VDM

AU FOND DU TROU

Aujourd'hui, on a braqué mon bureau de tabac pendant que j'étais en train de me masturber dans la réserve. VDM

Aujourd'hui, je me suis rendu compte que depuis que j'ai enlevé ma photo sur Meetic, j'ai plus de filles qui visitent mon profil. VDM

Aujourd'hui j'ai trouvé des sites pornos gay dans l'historique d'Internet Explorer. Je vis seul avec mon père. VDM

Aujourd'hui, je décide de déclarer ma flamme à une copine dont je suis amoureux depuis des mois. Elle me répond : « Tu es le mec le plus drôle que je connaisse. Mais tu es aussi le plus moche. » Elle a rigolé et elle s'est empressée de le raconter à tout le monde. VDM

Aujourd'hui, j'ai su qui était l'expéditeur de la rose anonyme que j'avais reçue pour la Saint-Valentin... ma meilleure amie, qui savait pas à qui en envoyer. VDM

Aujourd'hui, j'ai reçu ma copine par la poste. Il me reste plus qu'à la gonfler ! VDM

Aujourd'hui, beau temps, balade en moto. J'ai éternué dans le casque. Intégral, le casque, je précise. VDM

Aujourd'hui, je me suis réveillé après avoir fait un rêve érotique avec des manchots empereurs. VDM

AU FOND DU TROU

Aujourd'hui, j'ai repris l'école après 3 semaines d'absence. J'ai dit bonjour à une camarade de promo, et celle-ci m'a rétorqué : « Salut, t'es qui ? » VDM

AU FOND DU TROU

Aujourd'hui, je réalise que ça va bientôt faire un an que je suis avec mon copain. Sa famille m'appelle ENCORE par le prénom de son ex. VDM

Aujourd'hui, en forêt, mon pied bute sur du métal à moitié enfoui. Je gratte la terre et récupère une belle boîte, assez lourde pour ne pas sembler vide. Je me vois déjà avec des louis d'or. C'est un cadavre de chat. VDM

Aujourd'hui, ma copine m'appelle. Ça fait un an que l'on sort ensemble, elle est bourrée, fait la fête avec tous ses potes et me dit en rigolant que je lui sers à rien et qu'elle me quitte. VDM

Aujourd'hui, en me masturbant, je me suis mis à chialer. VDM

Aujourd'hui, on m'a appelée « monsieur » dans la rue. Pour une fois que je portais une jupe... VDM

Aujourd'hui, ça fait 2 ans que je sors avec ma copine. Elle s'est inscrite sur Facebook et m'a ajouté dans ses contacts. Sur sa fiche apparaissait : « looking for a relationship ». VDM

Aujourd'hui, enfin demain, ça va faire 7 mois que je me suis pas fait un seul ami dans ma classe de terminale et que je mange seul au réfectoire tous les midis. VDM

Aujourd'hui, j'ai appris que l'un de mes élèves de 16 ans était en fait le fils d'un de mes anciens élèves. J'ai pris un sacré coup de vieux. VDM

AU FOND DU TROU

Aujourd'hui, j'ai super faim, alors je fais cuire tout ce qui me reste à manger : 100 grammes de pâtes. Je vais dans ma chambre, prêt à déguster mon pauvre plat, quand je trébuche sur le câble du téléphone et renverse tout sur la moquette. VDM

Aujourd'hui, je vais relire le journal intime de ma copine, car il y a trois jours, elle a écrit qu'elle ne m'aimait pas mais qu'elle voulait sortir avec moi juste parce qu'elle ne voulait plus être vierge, que j'étais « gentil » et donc que je « ferai l'affaire ». Moi par contre, je l'aime vraiment. VDM

Aujourd'hui, je me suis rendu compte que toutes les ex de mon mec sont vraiment plus belles que moi, mais vraiment. VDM

Aujourd'hui, j'ai vu un type rencontrer et séduire en 20 minutes la fille que je drague depuis 2 mois. VDM

Aujourd'hui, mon opérateur mobile m'a informé que j'avais douze messages en attente sur ma messagerie vocale. Heureuse d'avoir des amis, j'ai écouté, le sourire aux lèvres. Tous les messages étaient de ma mère. VDM

Aujourd'hui, mon meilleur pote me montre ses photos du Nouvel An. Des filles à gogo, de l'alcool à volonté et tous mes autres potes. Ils ont pas encore percuté qu'ils ne m'ont pas invité. 7 ans qu'on se connaît. VDM

Aujourd'hui, je viens de me rendre compte que la femme que j'aime depuis bientôt 2 ans m'a menti sur son identité. Faux nom, faux prénom, fausse adresse. L'amour rend aveugle et bête. VDM

Aujourd'hui, j'arrive au boulot comme tous les matins vers 9 heures, et là, je croise un prof qui me dit : « Vous êtes en retard, donnez-moi votre nom que je vous colle. » J'ai 23 ans, je suis responsable du réseau informatique depuis 2 mois. VDM

Aujourd'hui, je n'ose pas aborder une fille dans le métro. J'arrive à ma station, elle me fait un grand sourire alors que je sors de la rame. Le métro part, me laissant sur le quai comme un con. VDM

Aujourd'hui, j'ai découvert du Viagra dans le sac de ma copine. Elle voulait me faire un cadeau. VDM

Aujourd'hui, ma copine m'a offert le bouquin *Le Sexe pour les nuls*. VDM

Aujourd'hui, une fille pas mal me drague dans le métro, c'est la première fois de ma vie que ça m'arrive. Moi, tout gêné, j'essaye d'assurer au mieux la conversation, en me concentrant sur tout ce que je dis. Lorsque le métro arrive à la bonne station, je pars sans lui demander son numéro. VDM

AU FOND DU TROU

Aujourd'hui, on était dans le bois de Vincennes, 22 heures, à boire une canette. Trois policiers ont débarqué et m'ont demandé de rester à l'écart – je n'ai pas bien compris. Ils n'ont contrôlé que ma femme et l'ont finalement emmenée au poste en me plantant là. Les flics ont pris ma femme pour une pute. VDM

Aujourd'hui, très tôt ce matin, j'ai surpris mon copain en train de faire son sac dans le noir. Il essayait de s'enfuir de chez moi pendant mon sommeil… VDM

Aujourd'hui, je descends pour fumer ma cigarette et je me mets à l'abri près du cendrier pour ne pas me prendre la pluie. Une énorme bourrasque de vent arrive, et j'ai pris les 150 cigarettes dans la tête avec toute la cendre en accompagnement. VDM

Aujourd'hui, je me réveille suite à un cauchemar où je rêvais que ma femme me trompait devant moi avec un pote. Je me réveille angoissé, je me tourne vers elle pour me rassurer… avant de me souvenir qu'elle m'a quitté depuis 2 semaines. VDM

AU FOND DU TROU

Aujourd'hui, comme depuis ma naissance d'ailleurs, mon prénom est Childéric. VDM

Aujourd'hui, dans un bar, je paye un verre à une fille, et puis plusieurs, mais rien. Et vu que rien, bah, je pars. Et j'apprends qu'après mon départ elle a fait un strip. VDM

Aujourd'hui, le type sur qui je fantasme depuis 2 ans me drague enfin et s'invite dans ma chambre. Moi je suis célibataire depuis des mois, et donc pas épilée. Je l'ai repoussé gentiment l'air de dire « on reste amis », et il a dormi dans le salon. VDM

Aujourd'hui, avec un pote, on s'était mis d'accord sur le fait que je sortirais avec une fille sur qui j'étais depuis 5 mois. Dans la soirée, alors que je la drague, il se ramène, la prend dans ses bras et lui roule une grosse pelle… Elle m'a dit qu'il baisait comme un dieu. VDM

Aujourd'hui, mon prof de maths m'a demandé comment je m'appelais, et si j'étais nouveau. Mais non, non, ça fait bien 6 mois que je suis en cours. VDM

Aujourd'hui, je viens de me rendre compte que depuis le début de l'année, dans ma classe, on m'appelait ET… et à chaque fois que quelqu'un criait E.T., je rigolais comme un con. VDM

Aujourd'hui, je sors d'un magasin et je croise un couple qui se dirige vers l'entrée. J'entends le mec dire à sa copine « pourquoi tu m'emmènes ici ? ! Tu veux que je m'habille avec de la merde comme lui ? ! », en me désignant du doigt. Elle lui répond : « Non, pas jusque-là ! » VDM

Aujourd'hui, c'est mon anniversaire. Au bahut, la plus belle fille de ma classe, qui me plaît énormément, est venue me le souhaiter en lançant, tout sourire : « Joyeux anniversaire. » Je n'ai rien trouvé de mieux à répondre que « toi aussi… » en bafouillant. J'avais l'air con. VDM

Aujourd'hui, j'ai vomi en poussant trop loin ma brosse à dents derrière les molaires. La journée commence bien. VDM

AU FOND DU TROU

Aujourd'hui, j'ai passé la journée à me faire des faux amis sur Myspace. VDM

Aujourd'hui, comme depuis 20 ans, ma grand-mère, qui ne souffre d'aucun problème de mémoire, ne se rappelle pas mon prénom… C'est pas grave, mamie… VDM

Aujourd'hui, lendemain de soirée arrosée où je me souviens être rentré en bonne compagnie. Au réveil, la fille n'est plus là, et mon ordinateur portable non plus. Elle m'a laissé un mot : « Merci pour tout. » VDM

Aujourd'hui, coup de déprime, je commence à m'inscrire sur Meetic, je suis motivé, prêt à m'ouvrir. J'arrive au choix de mes activités, je coche… je coche… et je coche. Ma liste était : télé, informatique, Internet. VDM

Aujourd'hui, j'ai demandé à mon ex, avec qui j'ai passé 3 ans, comment se passe sa première semaine de célibat. Elle m'a répondu qu'elle n'était pas célibataire. VDM

Aujourd'hui, mes parents m'ont fait chercher les œufs de Pâques dans le jardin. J'ai 17 ans. VDM

Aujourd'hui, c'est mon anniversaire. Ma chérie m'annonce qu'elle a un truc à me dire. Je m'attendais à un « joyeux anniversaire » ou quelque chose dans le style... Eh ben non, c'était « je t'ai trompé ». VDM

Aujourd'hui, j'ai voulu manger un Mars en envoyant des textos. J'ai croqué dans mon portable. VDM

AU FOND DU TROU

Aujourd'hui, enfin ce soir, j'ai voulu m'épiler les sourcils toute seule, sans mes lunettes. Conclusion : un énorme trou dans mon sourcil gauche. Je ressemble à Sami Naceri, maintenant. Ça repousse vite un sourcil ? VDM

Aujourd'hui, je me suis rendu compte que j'avais des préservatifs périmés. Je ne savais pas qu'on pouvait en arriver à dépasser la date de péremption de ces choses-là, ça en dit long sur mon activité sexuelle. VDM

Aujourd'hui, enfin il y a quelques années, ma copine me larguait par téléphone. 10 minutes plus tard, je recevais un SMS d'elle : « C'est bon je l'ai jeté, il a rien compris, ce boulet. On se voit ce soir ? » VDM

Aujourd'hui, je regrette d'avoir proposé à mon ex de rester vivre dans mon appart' le temps qu'elle trouve quelque part où se loger. J'aurais jamais pensé qu'elle ferait défiler autant de mecs dans son lit. Le pire, c'est qu'il y a des amis à moi dans le lot. VDM

Ma femme m'a avoué aujourd'hui qu'elle n'avait jamais eu d'orgasme avec moi... Cela fait juste 17 ans que nous sommes mariés. VDM

Aujourd'hui, mon copain m'a annoncé qu'il rentrait dans les ordres (prêtre). J'ai 26 ans, ça faisait 4 ans qu'on était ensemble. VDM

Aujourd'hui, je passe à la boulangerie, et la boulangère me dit qu'elle a vu ma copine dans les bras de son frère. Elle a pas de frère. VDM

Aujourd'hui, il pleut. Pour une fois, je n'ai pas oublié mon parapluie à la maison. Je l'ai oublié dans le métro. VDM

AU FOND DU TROU

Aujourd'hui, je me suis souvenu que, le jour de mon bac de philo, j'étais si stressé que j'ai eu la diarrhée au bout de 2 minutes. Conscient d'empuantir la classe, je demande au surveillant d'aller aux W-C. Il me répond : « Pas de sortie la première heure. » Je révèle alors devant tout le monde que je me suis chié dessus. Il rétorque : « Pas d'exception. » VDM

Aujourd'hui, je suis allé m'acheter un paquet de cigarettes. Le buraliste m'a demandé ma carte d'identité, prétextant qu'il ne pouvait pas vendre aux moins de 16 ans. Peut-être que ça ira mieux le mois prochain. Quand j'aurai mes 21 ans. VDM

Aujourd'hui, j'ai découvert comment voir qui vous a bloqué sur MSN. Une seule personne l'a fait : ma copine. VDM

Aujourd'hui, ma cousine de 5 ans m'a demandé de monter le jouet qu'elle venait d'avoir dans son Kinder Surprise. Je n'ai pas réussi. VDM

Aujourd'hui, une copine à qui il arrive que des crasses me dit :
« C'est bien de discuter avec toi, parce que j'ai l'impression que ma vie n'est pas si dramatique que ça. » VDM

Aujourd'hui, ma balance s'est cassée quand je suis monté dessus. VDM

Aujourd'hui, j'étais au tableau dans un amphi quand un type de l'administration arrive et me lance : « Hé, quand ton prof sera revenu, tu pourras lui dire de passer nous voir ? » C'est moi le prof. VDM

Aujourd'hui, pour la première fois de ma carrière, j'ai l'occasion de présenter mes travaux devant 150 scientifiques réunis en congrès. J'ai répété suffisamment pour éviter les blancs. Sauf que je suis tellement stressé que je me suis évanoui quelques secondes au milieu de mon discours. VDM

AU FOND DU TROU

Aujourd'hui, étudiante en école vétérinaire, mon exercice est de branler un cochon pour une insémination. J'ai 19 ans et je n'ai encore jamais « caressé » un garçon. VDM

Aujourd'hui, comme bien souvent depuis des années, ma femme discute avec sa sœur, dans leur langue maternelle, et lui dit dans les moindres détails que je suis un horrible mari. Ce qu'elle ignore, c'est que depuis les années qu'on est ensemble, j'arrive maintenant à comprendre cette langue. VDM

Aujourd'hui, une fille qui m'intéresse dans mon amphi a oublié son agenda. Je le récupère pour le lui rendre ultérieurement, et, ne pouvant m'empêcher de le feuilleter, je tombe sur le top des gros beaufs qu'elle a établi. Je suis très bien placé en compagnie de mes amis. Je pensais pourtant vraiment lui plaire. VDM

Aujourd'hui, j'ai 21 ans et je suis à la fac... Ma mère insiste toujours pour vérifier mes devoirs. VDM

Aujourd'hui, je vois une fille super mignonne dans la rue. Je me lance et ose l'aborder. Je lui explique que je la trouve jolie, elle me sourit et cherche dans son sac. Elle m'a jeté une pièce de 10 centimes. VDM

Aujourd'hui, j'ai demandé ma copine en mariage. La bijouterie me reprend la bague seulement moitié prix. VDM

Aujourd'hui, ma copine m'a dit que j'avais plus de seins qu'elle. VDM

Aujourd'hui, alors que je marchais peinard dans la rue, une jolie jeune fille vient me demander mon numéro. Surpris mais très heureux, je lui donne. Elle crie alors à sa copine un peu plus loin : « Tu vois, moi aussi j'ai le numéro d'un gros thon dans mon portable, c'est pas si grave. » VDM

Aujourd'hui, alors que je me rendais dans ma salle de lycée, la bombe de ma classe me demande ce que je fais à 2 heures. Je lui réponds que je vais sûrement aller au CDI. Le problème, c'est qu'elle parlait à son pote juste derrière moi, j'étais dans l'alignement. VDM

AU FOND DU TROU

Aujourd'hui, mon médecin m'a annoncé que j'étais bel et bien impuissant. J'ai une copine, et on n'a pas encore couché ensemble, alors elle ne sait rien. Il va falloir que je lui dise à un moment ou un autre... VDM

Aujourd'hui, mon père rentre du boulot et me lance : « Oh, j'ai vu ton clone dans la rue, même dégaine de clodo, sauf qu'il fumait et avait l'air moins pommé que toi. » Ce clone, c'était moi. Mon père ne m'a pas reconnu. VDM

Aujourd'hui, j'ai eu la chance de faire l'amour à une demoiselle que je désire être mienne, et ce pour longtemps. Les 2 semaines passées avec elle sont inoubliables, de complicité, d'échange incroyable. Son mec rentre dans 3 jours. VDM

Aujourd'hui, on a forcé ma voiture pour la 3ᵉ fois en un an. La 1ʳᵉ fois, ils ont pris mon antenne radio ; la 2ᵉ fois, l'ampoule de mon plafonnier ; la 3ᵉ fois : rien, même pas un CD. En plus de portières tordues des deux côtés qui prennent l'eau, j'en déduis que j'ai des goûts musicaux de chiotte. VDM

Aujourd'hui, j'ai voulu inviter plusieurs personnes à passer une soirée chez moi demain. Toute guillerette, j'ai donc envoyé plusieurs SMS d'invitation. Une seule personne m'a répondu pour me demander qui j'étais, quand je lui ai dit, elle n'a plus répondu. Super soirée en perspective. VDM

Aujourd'hui, mon Nabaztag (lapin communicant électronique branché en Wi-Fi) m'a dit : « Tu dois vraiment être seul pour passer ta journée avec un lapin. » VDM

Aujourd'hui, j'annonce fièrement à ma diététicienne que j'ai perdu un kilo, elle note quelque chose sur son carnet et s'absente un instant. Je regarde : elle avait noté « ENFIN ! » en face de mon nom. VDM

Aujourd'hui, j'étais en train de nager dans la mer, et à cause d'une vague, mon maillot de bain s'est enlevé et a disparu je ne sais où. J'ai dû attendre que la plage soit déserte (23 heures et plus) pour pouvoir rentrer discrètement. VDM

AU FOND DU TROU

Aujourd'hui, je m'ennuie tellement que j'ai entrepris de customiser des Barbie. J'ai teint les cheveux de la première en bleu et fait d'innombrables dreadlocks à la seconde. Le programme de l'aprèm'? Leur faire des fringues, évidemment. J'ai 23 ans, pas d'amis et je m'ennuie. VDM

Aujourd'hui, c'était mon anniversaire, et ma copine s'est ramenée 4 heures en retard avec comme excuse : « Désolée, je jouais à World of Warcraft et je t'avais complètement zappé. » En plus, elle avait oublié le cadeau. VDM

Aujourd'hui, j'ai vu mon mec pleurer pour la première fois. Ça fait 6 ans qu'on est ensemble, et comme tous les couples, on a eu des hauts et des bas : je l'ai trompé, notre fille est tombée gravement malade, et il n'a jamais pleuré. Il est triste parce que le PSG va en L2. VDM

Aujourd'hui, je reçois un appel de ma mère, qui me demande si je peux lui graver un film X pour qu'elle le regarde ce soir avec mon beau-père. VDM

AU FOND DU TROU

Aujourd'hui, j'ai fait une chute et me suis retrouvée aux urgences, prise en charge par un doc dont je connais le nom puisque nous avons fait nos études secondaires ensemble il y a 25 ans. Je lui demande donc s'il se souvient de moi, et il répond : « Pas vraiment, vous étiez prof de quoi ? » VDM

Aujourd'hui je me suis fait virer de mon boulot. Mon patron était mon père. VDM

Aujourd'hui, ma petite sœur de 14 ans est venue me demander ce que j'avais ressenti pour ma première relation sexuelle. Je lui ai dit que c'était personnel et que ça ne la regardait pas. Elle me regarde alors et me dit : « Moi j'ai trouvé que c'était agréable ! » J'ai 19 ans et je suis toujours puceau. VDM

Aujourd'hui, je me suis rendu compte que les miroirs du bahut où de temps en temps je m'éclatais les points noirs étaient des glaces sans tain qui donnent sur un couloir pas mal fréquenté VDM

Aujourd'hui, je me suis fait draguer par une petite vieille dans une supérette. Elle m'a demandé mon numéro de portable, avec un regard tendancieux. J'ai 33 ans, et c'est la première fois de ma vie qu'une femme vient me draguer. VDM

AU FOND DU TROU

Aujourd'hui, je discute avec une personne à propos de mes problèmes personnels et de ma vie. Au bout de 5 minutes, ses yeux luttent pour ne pas se fermer, mais elle finit par s'endormir… Cette personne, c'est mon psy, et je lui ai lâché 55 euros pour sa sieste. VDM

Aujourd'hui, le comité de mon entreprise organisait une petite fête. Il y avait une bonne ambiance, et j'en ai profité pour me lâcher un peu. Et d'entendre mon patron dans mon dos : « Si seulement il pouvait mettre autant d'énergie au travail. » VDM

Aujourd'hui, j'ai racheté une platine DivX, l'ancienne ne fonctionnant plus. En la retirant pour installer la nouvelle, je me suis aperçu qu'elle avait un interrupteur derrière… Il était sur off. VDM

Aujourd'hui, mon collègue vient me voir en me disant qu'il sort enfin avec la nana de l'accueil. Ah, lui aussi ? VDM

Aujourd'hui, je suis allée voir mon chien, allongé sur mon lit, pour lui faire un câlin. À peine je m'approche, il se lève, va plus loin, se recouche et soupire. Je retourne m'asseoir devant mon PC, il revient à sa place. VDM

Aujourd'hui, après 2 semaines de discussion sur Internet avec une fille, on décide de se rencontrer lors d'une soirée avec plusieurs amis. J'y vais avec mon coloc'. La soirée se termine, je repars seul et mon coloc' avec la fille. VDM

Aujourd'hui, j'arrive chez ma copine avec un bouquet de fleurs et des petits gâteaux pour le dessert. Elle me regarde avec un sourire narquois et me dit : « Dommage pour toi… J'ai mes règles. » VDM

Aujourd'hui, j'ai mangé tout seul au resto universitaire. C'était mon anniversaire. VDM

AU FOND DU TROU

Aujourd'hui, je suis dans ma 45e année et je suis toujours puceau. VDM

Aujourd'hui je réconforte une copine, dont je suis timidement amoureux depuis au moins 6 mois, de ses déboires avec les mecs, et elle me sort en remerciements : « C'est avec toi que je devrais sortir, ha, ha, ha ! ». Ha, ha, ha. VDM

ILS NOUS POURRISSENT LA VIE

Lorsqu'un méchant, cynique, félon ou autre lourd est identifié coupable, il n'y a pas de quoi rigoler (enfin là, si, quand même). Certains sont le mal incarné, mais les pires étant les autres qui ne l'ont « presque » pas fait exprès. Que toutes ces raclures de fond de poubelle (euphémisme) grillent à feu doux en enfer.

ILS NOUS POURRISSENT LA VIE

Aujourd'hui, je suis arrivé à la gare du Nord pile à l'heure pour le train de 19 h 30. Qui était en fait annulé. VDM

Aujourd'hui, je suis allé au ciné avec la fille qui me plaisait depuis des mois. Après les pubs, elle a dit qu'elle allait aux toilettes. Elle n'est pas revenue dans la salle... VDM

Aujourd'hui, j'ai découvert que ma copine ne prenait plus la pilule. Depuis 3 mois. VDM

Aujourd'hui, un de mes collègues a envoyé un mail tendancieux avant de quitter la boîte. Il y fait clairement comprendre qu'il est gay et que potentiellement moi aussi, grâce à une «dédicace» qui m'est adressée... Ce qui n'est pas du tout le cas. VDM

ILS NOUS POURRISSENT LA VIE

Aujourd'hui, mon coloc' coréen m'a tellement énervé en bouchant encore l'évier avec sa putain d'habitude de ne pas rincer sa vaisselle que j'en suis arrivé à briser une dizaine de ses baguettes de rage pour ensuite les balancer par la fenêtre. VDM

Aujourd'hui, je suis allé chez le coiffeur. Je ressemble à un travelo, maintenant. VDM

Aujourd'hui, j'ai acheté une photo de portable sur E-bay en croyant qu'il s'agissait d'un vrai... 75 euros pour une photo, ça fait mal. VDM

Aujourd'hui je suis allé à la mairie régler une facture au service comptabilité. Le comptable, d'un certain âge, me demande, en encaissant ma facture, si je voulais bien poser pour lui pour des photos de lingerie... « Ce serait en amateur, pour mon usage personnel. Et je rémunère, bien sûr !... » VDM

Aujourd'hui, j'allais annoncer à mon ami que j'étais enceinte. Juste avant notre rendez-vous, ma meilleure amie, en larmes, a débarqué pour me dire qu'elle couchait avec lui depuis 2 mois. VDM

ILS NOUS POURRISSENT LA VIE

Aujourd'hui, je me suis tapé la honte en n'arrivant pas à me servir d'un distributeur de préservatifs. Un passant a dû venir m'aider en me gratifiant au passage d'un vieux sourire plein de sous-entendus. VDM

Aujourd'hui, j'envoie un SMS enflammé à celle qui a volé mon cœur. La réponse : « Me saoule pas steuplé. » Les geekettes sont définitivement le Mal incarné. VDM

Aujourd'hui, quand j'ai demandé à ma copine comment elle se voyait dans 10 ans, elle m'a répondu d'un air froid : « Je sais pas. Mais pas avec toi, en tout cas. » VDM

Aujourd'hui, ou plutôt hier soir, j'ai organisé une soirée chez moi avec des collègues de bureau. J'ai donc demandé à ma mère de m'aider en allant faire deux, trois courses. Elle m'a acheté des gobelets Mickey et des serviettes Aladdin. J'ai 35 ans. VDM

ILS NOUS POURRISSENT LA VIE

Aujourd'hui, j'ai appris que j'étais un harceleur, un violeur, un psychopathe, et que mon ex-copine me faisait une belle réputation. VDM

Aujourd'hui, ma patronne m'a dit : « Vous savez, nos concurrents embauchent eux aussi. » VDM

Aujourd'hui, je suis arrivé tout fier avec mon nouvel imper. Mes collègues nazes m'ont traité de Colombo. Les vraiment très cons m'ont appelé « Inspecteur Gadget ». Boîte de merde. VDM

Aujourd'hui, j'ai sorti mon petit chien. Petit, c'est un euphémisme, vu la merde qu'il a sortie devant les pieds d'une fille superbe que je croise et convoite depuis pas mal de temps. La discussion fut courte… VDM

ILS NOUS POURRISSENT LA VIE

Aujourd'hui, une collègue de boulot annonce qu'elle organise une petite fête. Elle sort devant tout le monde que je ne suis pas invité pour « préserver l'ambiance ». VDM

Aujourd'hui, on rentre avec ma chérie. En zone piétonne, on manque de se faire écraser par une 306 qui prend le virage très sec, à 50-60. Elle : « Et le clignotant, Ducon ! » Eux stoppent et descendent... C'était la BAC. Finalement, ils étaient pas si pressés. VDM

Aujourd'hui, ma fille me regarde m'habiller dans la salle de bains et me demande : « Dis, maman, quand mes tétés auront poussé, est-ce qu'ils tomberont comme les tiens ? » VDM

Aujourd'hui, en allant à ma voiture, j'ai vu un éboueur en train de la laver avec son Kärcher. Il fait 0 degré dehors, les vitres de ma voiture gèlent d'un coup avec l'eau, je n'ai rien pour gratter. VDM

ILS NOUS POURRISSENT LA VIE

Aujourd'hui, je suis au supermarché avec ma petite cousine, elle veut des bubble-gums. Je vois un étalage avec plein de paquets colorés et lui demande de prendre ceux de son choix. À la caisse, je m'aperçois que c'étaient des préservatifs. VDM

Aujourd'hui, je me suis fait griller dans la file d'attente à la poste par un vieux qui m'a dit qu'il était avec quelqu'un devant. Évidemment, il n'était avec personne. Il est allé au guichet en se marrant. VDM

Aujourd'hui, pour faire plaisir à mon mari, j'ai mis un porte-jarretelles et des bas résille. Il m'a dit que je ressemblais à un rôti de porc ficelé. VDM

Aujourd'hui, un type vient acheter des fringues à sa copine dans mon magasin. Il me dit : « Elle fait du 44, comme vous, quoi ! » Je fais du 38. VDM

ILS NOUS POURRISSENT LA VIE

Aujourd'hui, mon patron m'a demandé : « Est-ce que je peux te faire une petite critique constructive ? » Je lui ai dit oui. Il me dit alors : « C'est vraiment de la merde, ce que tu fais. T'as aucun talent, et j'ai du mal à comprendre pourquoi je t'ai embauché. » VDM

Aujourd'hui, c'était mon anniversaire, et ma charmante belle-mère m'a offert une pince à épiler. VDM

Aujourd'hui, un clochard me demande un euro en me montrant un papier sur lequel il était écrit qu'il était muet. Je le lui donne, et il me fait : « Putain, merci ! » VDM

Aujourd'hui, ma mère vient de m'avouer devant toute ma famille que, quand j'étais petite, je « m'entraînais » avec mon ours en peluche et qu'elle se demandait si je continuais. VDM

ILS NOUS POURRISSENT LA VIE

Aujourd'hui mes colocs se sont attribué des surnoms cool («Mimi», «Tchou»...). Pour moi, ils ont choisi «Gros Moineau». VDM

Aujourd'hui, je reviens du marché. J'ai demandé au vendeur des asperges. Il m'a demandé avec un sourire narquois si je les aimais grosses ou petites, j'ai répondu : «Petites, c'est meilleur, merci!» Hilarité générale chez les commerçants : «Elle les aime petites, la demoiselle!» VDM

Aujourd'hui, j'ai mangé chez une amie, son fils de 5 ans à table avec nous me regarde et me dit doucement : «T'es moche!» Quand mon amie revient, je lui raconte la scène, elle le gronde brièvement, et là, le gamin se met à pleurer en hurlant : «Mais elle est pas belle!!!» VDM

Aujourd'hui, au feu rouge, un vieux en cyclomoteur s'arrête au niveau de ma portière. Nos regards se croisent. Il me dévisage, impossible, pendant quelques instants, puis le feu passant au vert, il démarre en gueulant, blasé : «Et c'est pour de jeunes abrutis comme ça qu'on a fait la guerre!» VDM

ILS NOUS POURRISSENT LA VIE

Aujourd'hui, une fille m'a emprunté mon portable. Le soir, quand je suis rentrée chez moi, mes parents ont fait une crise : « Qu'est-ce que c'est que ce répondeur ?! » Sachant qu'ils ne m'appellent jamais et que je réponds tout le temps. La fille avait trafiqué mon répondeur en simulant un orgasme. VDM

Aujourd'hui, on m'a demandé de sentir ma purée lors de la pause déjeuner à la cantine de ma boîte. Résultat de la blague, j'ai le visage rempli de pomme de terre. J'ai 35 ans. VDM

Aujourd'hui, une vieille connaissance me rappelle après plusieurs années de silence. Il est très pressé qu'on se revoie, il veut que je passe chez lui dans l'après-midi. J'ai passé l'après-midi à lui réparer son ordi. Depuis, plus de nouvelles. VDM

Aujourd'hui, ou plutôt hier, je marchais dans la rue, en écoutant mon MP3. J'allume une clope, et une femme passe avec son mari et lui dit, en pensant que je n'entendais pas : « Oh, mon Dieu, c'est terrible qu'un si jeune beau garçon doive mourir d'un cancer du poumon ! » Je suis une fille. VDM

Aujourd'hui, je me remets enfin de LA rupture. Je décide de me prendre en main, achète des fringues géniales et des dessous sexy pour me réconforter. Je rentre chez moi, décide d'essayer tout ça et, ravie, je montre le résultat à ma coloc', qui me répond GENTIMENT : « Ça te sert à quoi ? T'as pas de mec. » VDM

ILS NOUS POURRISSENT LA VIE

Aujourd'hui, comme tous les midis, je vais chercher le courrier. J'ouvre la boîte aux lettres. Le courrier est humide, la boîte aux lettres remplie de pisse. Je me souviens avoir entendu des jeunes bourrés dans la rue, hier soir. VDM

Aujourd'hui c'est mon anniversaire. Mon ex-copain, avec qui je fricotais encore, vient de m'envoyer un SMS. Contente qu'il pense à moi, je l'ouvre. C'était pour m'annoncer qu'il voulait que je sache qu'il avait une nouvelle copine. Quel mec attentionné... VDM

Aujourd'hui, j'ai appelé le service client de ma banque. J'attends 11 minutes avec la petite musique, et quand une conseillère décroche enfin, j'ai plus de crédit, ça coupe. VDM

Aujourd'hui, ou plutôt lundi dernier, je m'assois dans le train, et une vieille dame assise à côté de moi me dévisage. Je lui demande s'il y a un problème, elle se met à beugler : « Willy ! C'est toi, Willy ! Mais où t'étais passé tout ce temps ? » Une heure de train comme ça. VDM

ILS NOUS POURRISSENT LA VIE

Aujourd'hui, après que j'ai fait la morale à mon meilleur ami, qui couche avec une fille qui a déjà un copain, ma copine, avec qui je suis depuis une semaine, m'annonce qu'elle trompe son mec avec moi. VDM

Aujourd'hui, je suis dans la rue avec mon nouveau copain, j'entends mon prénom, je me retourne et je vois un maître appeler son chien. VDM

Aujourd'hui, mon boss vient me voir dans mon bureau pour m'annoncer que nous avons une grosse réunion demain, avec plein de gens importants. Avant de quitter la pièce, il me regarde et me lance : « S'il te plaît, pour demain, essaye de t'habiller mieux. » VDM

Aujourd'hui, je me baladais dans les rues avec une amie. On nous siffle de derrière, je me retourne et on me dit : « Non, pas toi, ta copine. » VDM

ILS NOUS POURRISSENT LA VIE

Aujourd'hui, le prof d'histoire nous a annoncé qu'il ne serait pas là lundi après-midi. On était donc très contents de sortir à 12 heures lundi. Sans doute pas tous, car une fille de la classe en a immédiatement fait part à la prof de maths, qui a décidé de remplacer le cours d'histoire par 4 heures de maths. VDM

Aujourd'hui, je devais recevoir mon colis tant attendu (un magnifique sabre de samouraï à 2000 euros, j'avais flashé dessus) que j'avais commandé sur un site d'enchères. Sauf qu'à la place, j'ai eu la vieille épée en plastique de Zorro. VDM

Aujourd'hui, on a fait une soirée posée avec des potes. LE mec sur qui je flashe me retrouve dans une chambre où je regardais un film. La tension est vive, manque de pot, mon ex se joint à nous. Sa première phrase : « Au fait, pépette, comment va ton herpès ? » VDM

Aujourd'hui, j'accompagne un pote à la pharmacie. J'ai les cheveux longs. Il demande une pilule du lendemain pour sa copine. La pharmacienne se retourne vers moi en disant : « Vous en étiez où du cycle ? » Je suis un mec. VDM

ILS NOUS POURRISSENT LA VIE

Aujourd'hui, mon colocataire a écouté à plein volume de l'opéra lyrique tout l'après-midi, et maintenant il joue James Bond à la trompette. VDM

ILS NOUS POURRISSENT LA VIE

Aujourd'hui, ma grand-mère est montée sur mon ordi portable en pensant que c'était une balance, « pour voir combien elle pèse ». Maintenant on sait, elle pèse 900 euros. VDM

Aujourd'hui, comme tous les jours depuis 2 ans, je croise le même abruti qui ne peut s'empêcher de me dire que je ressemble à Didier Bourdon. VDM

Aujourd'hui, j'ai remarqué que ma grand-mère suçait tous les matins la cuillère du pot de confiture familial puis la remettait dedans. J'adorais la confiture. VDM

Aujourd'hui, mes parents pensent que mon homosexualité est passagère. VDM

ILS NOUS POURRISSENT LA VIE

Aujourd'hui, alors que je vois une place qui m'est toute destinée sur un parking, je me la fais « voler » par une mamie qui avait pris la rue en sens interdit. VDM

Aujourd'hui, une amie dont je n'ai pas de nouvelles depuis des mois appelle sur mon portable. Surprise mais contente, je décroche et commence à engager la conversation, quand elle me dit : « Ah, désolée, en fait c'est pas toi que je voulais appeler. » VDM

Aujourd'hui, le gars de mon club de natation que je drague depuis un moment me sort : « Dis-moi… » Moi, aux anges : « OUI ? » Lui : « Si t'avais pas de pieds, est-ce que tu mettrais des chaussures ? » Je réponds : « Bah, nan. » Il me rétorque : « Alors pourquoi tu mets un soutif ? » VDM

Aujourd'hui, je demande des explications à mon père sur l'origine de mon prénom, Marc : « Il fallait que ça soit court et que ça résonne, comme quand on rappelle un chien. » Je dois dire « ouaf » ou « merci, papa » ? VDM

ILS NOUS POURRISSENT LA VIE

Aujourd'hui, j'ai reçu un mail avec l'objet «chut, ça reste entre nous». J'ai frissonné à l'idée d'une déclaration d'amour... C'était une boutique de vente par correspondance. VDM

Aujourd'hui, je commande un espresso, au lieu de verser du sucre en poudre dedans, j'ai mis la dose de parmesan. Pourquoi ils ont mis du parmesan dans des sucriers? VDM

Aujourd'hui, ma petite sœur de 4 ans a dessiné des petits cœurs et un bonhomme au marqueur sur mon MacBook, «parce que c'est zoli». VDM

Aujourd'hui, ma mère a regardé une émission sur le sida. Elle est venue me dire de faire attention à ça quand je passe à l'acte et tout ce qui va avec. Elle s'arrête un moment et reprend: «Ah, mais tu dois t'en foutre, t'as pas de copain, t'façon.» VDM

Aujourd'hui, enfin cette nuit, je regarde le planning de travail pour le mois prochain. Mon patron me fait travailler la nuit de mon anniversaire alors que j'ai déjà tout préparé et prévenu tout le monde. VDM

Aujourd'hui, j'étais en cours de techno, et le prof commence à nous dire : « Pour ce projet, vous avez besoin d'un ami pour vous aider. » Il se retourne vers moi et ajoute : « Toi, je sais pas comment tu vas faire. » VDM

Aujourd'hui, enfin, à Noël, rendez-vous chez l'esthéticienne afin de subir une épilation à la cire. J'ai donc laissé pousser mes poils disgracieux afin d'assurer une meilleure prise. Une fois le travail terminé, cette connasse d'esthéticienne me sort : « Voilà, on a enfin des jambes de fille ! » VDM

Aujourd'hui, j'ai acheté de nouvelles chaussures en cuir à mon fils. Il a fait une colère sur le trottoir et s'est laissé traîner. Le cuir est déchiré et on a l'impression qu'il a passé l'hiver avec, alors qu'elles ont 4 heures. VDM

ILS NOUS POURRISSENT LA VIE

Aujourd'hui, enfin ce matin, comme tous les matins, je cours pour choper le bus. Comme d'habitude, je fais un grand sourire au chauffeur pour qu'il m'ouvre les portes au feu rouge. Cette fois, il me fait un grand sourire, me fait un doigt d'honneur et démarre. J'suis arrivée en retard. VDM

Aujourd'hui, je reçois un coup de téléphone de ma mère m'annonçant qu'elle a vendu dans une bourse aux livres trois vieux livres à moi qu'elle a trouvés dans une caisse après notre déménagement pour 1 250 euros et qu'elle m'en donnait 10 %. Ces livres sont des antiquités et valent plus de 7 000 euros. VDM

Aujourd'hui, c'était le dernier jour de la petite stagiaire que j'ai gentiment accueillie au boulot. Elle part à 18 heures. À 18h5, je cherche un truc dans mon sac. Il me manque mon iPod et la moitié de mes clopes. VDM

Aujourd'hui, à l'entretien pour le don du sang, la doctoresse me demande le nombre de partenaires que j'ai eus depuis un an. Je donne un (gros) chiffre, ce à quoi elle répond : « On a du mal à trouver le prince charmant ? » VDM

Aujourd'hui, j'étais avec deux copines. Au bout d'un moment, l'une d'elles a dit qu'elle devait partir, l'autre laisse échapper : « Ah nan, ne me laisse pas toute seule avec lui. » VDM

Aujourd'hui, j'ai rencontré pour la première fois la mère de ma copine. Lors d'un moment seul avec elle, elle m'a dit : « Tu sais, tu n'es pas le premier, et tu seras sûrement pas le dernier... » VDM

Aujourd'hui, mon fiancé m'annonce après 7 ans de relation qu'il ne m'aime plus. Complètement détruite, je lui demande s'il n'a rien d'autre à ajouter, il me répond fort à propos : « Joyeux anniversaire. » VDM

Aujourd'hui, la prof d'anglais nous a demandé en cours ce que voulait dire *swallow*, je réponds « avaler ». C'est là qu'elle sort devant tous les étudiants : « Eh ben, vous voyez que ça sert les films de cul. » VDM

Aujourd'hui, je me réveille par terre chez des amis. La soirée a été bien arrosée, et j'ai mal à la tête. Je marche les 5 minutes qui me séparent de ma voiture. Les gens sont bizarres sur le chemin. Une fois au volant, je jette un coup d'œil dans le rétro. J'ai un pénis au marqueur noir sur le front. VDM

ILS NOUS POURRISSENT LA VIE

Aujourd'hui, je tombe sur une lettre de mon coloc' en rentrant, me disant qu'il est désolé d'être parti comme un voleur et qu'il me rendra mes 600 euros dès qu'il le pourra. Je l'appelle, le numéro n'est plus attribué. VDM

Aujourd'hui, après un an de relation, mon mec m'a avoué qu'au lit je lui faisais autant d'effet qu'une grille de mots croisés. VDM

Aujourd'hui, j'ai bousculé une petite mamie dans le bus. Je m'excuse platement et vais m'asseoir. Elle hurle et va vers le chauffeur. Trois arrêts plus tard, des flics montent dans le bus, m'encadrent et me sortent. Dehors, la petite mamie leur explique que je l'ai traitée de vieille cochonne, en hurlant. VDM

Aujourd'hui, j'ai découvert qui venait fumer MON herbe dans MA chambre. Ce n'était pas mon petit frère. C'étaient mes parents. VDM

ILS NOUS POURRISSENT LA VIE

Aujourd'hui, je reçois des nouvelles de ma meilleure amie et de mon ex : un faire-part de mariage… Coïncidence, ils se marient le même jour. VDM

Aujourd'hui, je rentre d'une semaine de déplacement à Paris, tout content de pouvoir profiter du jardin. J'ai bien compté, cette saloperie de taupe est ressortie 43 fois pour voir si j'étais rentré. VDM

Aujourd'hui, en cours de maths, je sors une blague très drôle à mon voisin, qui avait la tête enfoncée dans les mains. Il rit dans ses mains, et fait un gros bruit de prout. La classe se retourne vers nous. Il me regarde et dit très fort : « Eh ben, t'as troué la chaise ! » VDM

Aujourd'hui, j'ai décidé d'inviter ma copine à manger au resto. Je reste galant tout le long du repas. Au moment de payer, je me rends compte que je n'ai plus d'argent dans mon portefeuille : il y a juste un mot de mon petit frère qui dit : « Je dois inviter ma copine au resto, je te rembourserai ! » VDM

ILS NOUS POURRISSENT LA VIE

Aujourd'hui, après 40 minutes de queue à la poste, on refuse de me donner un colis parce qu'il est au nom de mon fils et qu'il n'a pas signé l'avis de passage. Mon fils a un an, et il n'a pas eu le cadeau de sa grand-mère pour son anniversaire. VDM

Aujourd'hui, j'ai reçu ma facture SFR. Tout content de mon forfait Internet illimité, je profitais allégrement de la connexion sur mon PC via mon tél' qui, d'après la vendeuse, était incluse dans le forfait. Montant de la facture : 540 euros. VDM

Aujourd'hui, c'est mon anniversaire, j'ai 35 ans. Je suis prof de physique, et mes élèves m'ont offert un déodorant. VDM

Aujourd'hui, en allant au casino avec des amies, j'ai fini au poste. Le vigile ne voulait pas me laisser entrer et m'a accusée d'avoir une fausse carte d'identité. Ça se voit, d'après lui, que je n'ai que 16 ans. J'en aurai 21 le mois prochain… VDM

ILS NOUS POURRISSENT LA VIE

Aujourd'hui, en désespoir de cause, je vais à une rencontre de speed dating. Après 7 minutes, la fille me dit que mes réponses ne la satisfaisaient pas. Quand je lui demande à quel moment elle a pris sa décision, elle me répond : « Quand tu m'as dit : bonjour. » Au revoir. VDM

Aujourd'hui, je lisais la fin de mon livre. Je tourne la page et vois griffonné en haut : « C'est Paul qui meurt à la fin, tué par Loren… Fallait pas me faire chier. » C'était ma sœur avec qui je me suis disputé hier… VDM

Aujourd'hui, je suis allé à la mairie pour refaire mon passeport. Après 2 heures d'attente, l'employée au guichet me reçoit, vérifie mes papiers et mes photos. « Votre figure sur la photo est trop grande de 1 millimètre. Vous devez les refaire. » VDM

Aujourd'hui, j'étais dans la foule en train de danser devant un très grand groupe lors d'un festival de musique. Un mec me donne une petite tape sur l'épaule, je me retourne, et là il me dit : « Ah nan, en fait, t'es moche. » VDM

ILS NOUS POURRISSENT LA VIE

Aujourd'hui je rentre de boîte, il est 4 heures du mat, il pleut, il fait 5 degrés, et je suis à pied. Je fais du stop en marchant un peu. En chemin, une voiture s'arrête à côté de moi, baisse la vitre, le mec balance «il fait froid hein!?» et repart en trombe. VDM

Aujourd'hui, un jeune est venu dans mon jardin, pour reprendre son ballon. Je m'en suis aperçu parce que pour sauter le mur, il a pris appui sur un tube qui relie mes deux cuves de fioul. Résultat: tube cassé, 2000 litres de fioul dans mon jardin. VDM

Aujourd'hui, je vais voir un pote. Je pose ma voiture devant chez lui. Après avoir salué sa mère, on s'absente un peu, et en revenant on voit ma caisse qui part sur une dépanneuse. Sa mère avait besoin de sortir de son garage et «un con avait mis sa voiture devant». VDM

Aujourd'hui, ma voisine vient sonner pour me demander de stopper immédiatement les bruits qui proviennent de chez moi, car cela ressemble à des «hurlements de phoque assez bruyants» et parce que ça l'empêche de réviser. J'étais en train de rire en lisant VDM. VDM

ILS NOUS POURRISSENT LA VIE

Aujourd'hui, un type me dit : « Salut, belle blonde ! » Je lui réponds : « Mais ch'suis pas blonde. » Et c'est là qu'il me sort : « T'es pas belle non plus. » VDM

Aujourd'hui, je vais faire mes courses. Je me gare correctement sur une place de parking et, en revenant, je vois mon rétro éclaté, en train de pendre, retenu par les fils et un Post-it sur le pare-brise. Je me dis alors : « La personne a été honnête, c'est cool. » C'était écrit : « Enculé, t'avais qu'à mieux te garer ! » VDM

Aujourd'hui, je rentre chez moi et prends mon courrier, comme tous les jours. Parmi les pubs, une lettre de l'ANPE me demandant de me rendre à un entretien avec un conseiller, sous peine de radiation. Je prends mon agenda et note le rendez-vous fixé à… avant-hier. VDM

Aujourd'hui, je suis allé chez IKEA. En sortant du magasin, mon ticket de caisse est tombé de ma poche. Quand je m'en suis aperçu, je suis retourné au magasin pour faire un duplicata. Lorsque je suis retourné à l'entrepôt, quelqu'un avait récupéré mon meuble. VDM

ILS NOUS POURRISSENT LA VIE

Aujourd'hui, j'étais dans un bar avec des potes, lorsque je vois une fille superbe assise à côté de notre table. Au moment où je veux me lever pour aller l'accoster, mon meilleur ami se lève et gerbe à ses pieds. VDM

ILS NOUS POURRISSENT LA VIE

Aujourd'hui, au travail (je suis opticienne), je donne une nouvelle paire de lunettes à une petite fille et lui demande si elle voit bien avec. Elle me répond : « Oui, trop bien, t'as deux gros boutons sur le nez ! » VDM

Aujourd'hui, je rentre chez moi en bus. Déposée à l'arrêt, je descends avec un copain. Il pleut très fort, on arrive devant sa maison, et il me dit : « Rentre, rentre ! » Je lui dis : « Oh, merci ! » Il me regarde bizarrement, et me rétorque : « Mais non, rentre chez toi ! » J'habite à 200 mètres de là. VDM

Aujourd'hui, je prends le TGV. Je suis dans le carré. En face de moi, une femme, et à ses côtés son mari. Après le départ du train, le gars décide de caresser sa copine (qui dort), mais c'est ma jambe qu'il touche. Gêné, je lui fais remarquer, il me répond qu'il sait… Il reste 1 h 30 de trajet. VDM

Aujourd'hui, j'ai évité une voiture qui arrivait à contresens sur ma voie. Du coup, j'ai défoncé la mienne dans un arbre sur la droite de la route. L'assurance refuse de payer, parce que je n'ai pas touché l'autre voiture, je me serais donc volontairement lancé dans l'arbre. VDM

ILS NOUS POURRISSENT LA VIE

Aujourd'hui, mon meilleur ami m'a invité à manger chez lui. En allant aux toilettes, je vois dans une coupelle l'alliance de ma femme qu'elle avait perdue depuis une semaine. VDM

Aujourd'hui, ou plutôt hier soir, je rentre avec un gars sympa chez moi. Folle nuit, je me dis que j'ai enfin un copain sincère. Ce matin, en fouillant dans ses SMS envoyés, je vois : « Tu me dois 50 euros, c'est une vraie rousse. » VDM

Aujourd'hui, et pour la première fois de ma vie, j'ai demandé à un garçon son numéro de portable. Il m'a proposé un plan cul par texto. VDM

Aujourd'hui, dans le lit, je me colle contre mon copain. Il me demande de me retourner pour se coller contre mon dos. Je m'exécute puis lui demande s'il est bien comme cela. Il me répond : « Oui, beaucoup mieux. Comme ça, je vois pas ta tête au réveil. » VDM

Aujourd'hui, le gars de la hotline chez Wanadoo me dit d'aller dans le Panneau de Configuration. Je lui dis que j'utilise Linux et que je n'ai pas de Panneau de Configuration. Après une longue pause de réflexion, il sort : « Vous devez réinstaller Windows et aller dans le Panneau de Configuration. » VDM

Aujourd'hui, je me suis rendu compte que mon gentil collègue avait soigneusement changé la signature de ma boîte mail professionnelle. Ça fait une semaine que toutes les personnes à qui j'envoie un message reçoivent en plus « Je suce pour un euro » avec mon numéro de portable après. VDM

Aujourd'hui, je vais faire relier mon rapport de stage chez un imprimeur. Ça me coûte 22 euros. Je fais remarquer à la vendeuse que la moitié des pages sont mal reliées. Elle bougonne, me rend mon argent et le déchire devant moi… avec des feuilles en exemplaire unique. VDM

Aujourd'hui, c'est mon anniversaire. Il y a du monde, une bonne ambiance, bref, je passe une excellente soirée. Arrive mon copain de l'époque avec un paquet cadeau. Le paquet en question contenait un gel douche où il était écrit « Savon spécial croissance pour petits seins ». VDM

ILS NOUS POURRISSENT LA VIE

Aujourd'hui, cours de sport, c'est saut en hauteur. J'arrive à sauter 1,35 m, soit 20 centimètres de plus que la moyenne des filles. Trop fière de moi, je me vante un maximum. 30 secondes plus tard, le prof vient me voir et me sort : « Avec le cerveau en moins, c'est plus léger. Normal que tu sautes haut ! » La honte. VDM

Aujourd'hui, une dame me demande si la calculette qu'elle achète pour sa fille est bien (je suis caissière en contrat étudiant). Je lui dis oui, et que je l'ai utilisée pendant toutes mes études. Elle me répond : « Vu où vous avez atterri, je pense pas que je vais prendre celle-là. » VDM

Aujourd'hui, je reçois un SMS du meilleur ami de mon fiancé : « Pour notre soirée, tu peux mettre une tenue sexy ? C'est mon rêve ! » Amusée, je lui réponds : « Tu t'es planté de destinataire, moi c'est Émilie ! » Il me répond : « Non, hier ton mec a perdu au poker. J'ai gagné une nuit d'amour avec toi… » VDM

Aujourd'hui, grosse dispute avec mes voisins, qui assurent que je fais trop de bruit. Ma sœur est là, prend ma défense et s'énerve. Je lui dis : « Mais laisse tomber, ce sont des vieux cons. » Plus tard, mot du facteur sur la porte : « J'ai laissé votre colis à vos voisins. » VDM

ILS NOUS POURRISSENT LA VIE

Aujourd'hui, j'étais en train d'installer une ampoule au plafond quand ma femme est entrée dans la pièce et m'a dit : « Bah tu vois rien, je t'allume la lumière ». Et elle l'a fait. VDM

Aujourd'hui, mon chéri s'est mis pendant la nuit à hurler « attention ça va exploser ! », à sauter du lit et à me tirer par les jambes. Dois-je lui confisquer ses jeux vidéo de guerre ou rompre pour cause de somnambulisme ? VDM

Aujourd'hui, le téléphone sonne, je me précipite en courant pour répondre, je me prends les pieds, tombe sur un fauteuil en fer. Les larmes aux yeux et le souffle coupé, je décroche le combiné : « Oui allô, bonjour, c'est pour un sondage. » VDM

Aujourd'hui, j'ai fini de lire toutes les VDM. VDM

REMERCIEMENTS

À Antoine Descamps, Antoine Descazals, Julien Azarian et Yann Asselin pour leur participation quotidienne à l'aventure viedemerde.fr.

À Didier Guedj, Harold Jonesier et Laura Cherfi, pour leur précieux concours à la réalisation de cette ouvrage.

… et puis milles sourires à Michel, Virginie et Sophie.

Composition réalisée par PCA

Achevé d'imprimer en janvier 2011 en Italie
ROTOLITO LOMBARDA
Dépôt légal 1re publication : octobre 2010
Édition 02 - janvier 2011
LIBRAIRIE GÉNÉRALE FRANÇAISE - 31 rue de Fleurus - 75278 Paris Cedex 06